विटामिन - एम

रौद्र

दसवीं तक मैं जिस स्कूल में पढ़ा, मैं उस स्कूल के तमाम शिक्षकों का आभार व्यक्त करना चाहता हूँ जिन्होंने कही न कही, मुझे लेखन की क्षेत्र में उत्तीर्ण होने का और अपनी लेखन को और भी उचाइयों तक ले जाने का आशीर्वाद दिया। मैं उन तमाम स्कूली मित्रों, सहपाठियों का भी आभार व्यक्त करता हूँ। जिन्होंने भले ही मन या बेमन से उस वक़्त मेरी हस्तलिपि को पढ़ी और सुझाव भी दिया की इसे और बेहतर किया जा सकता हैं।

खासकर मैं अपने हिन्दी के शिक्षक श्री आशुतोष पांडे महोदय जिन्होंने मुझे प्रेरित करने के लिए और एक बार उन्होंने कहा भी था, "पढ़ तो सब कोई सकता है, लेकिन लिखना सब के बस की बात नहीं है। इसीलिए बेटा तुम लेखन में सफल हो या न हो लिखना कभी मत छोड़ना।"

धन्यवाद आप सभी का।

क्रम-सूची

प्रत्येक लेखक के नाम, जिसने मुझे प्रेरित किया...

पाठकों के नाम

इससे पहले की आप इस किताब को पढ़ना आरंभ करें, मैं आपसे आग्रह करुंगा की आप इन पंक्तियों को एक बार पढ़ लें। आपंकी ऐसा करने में पाँच मिनट से ज़्यादा का वक़्त नहीं लगेगा, अपितु आप समझ सकेंगे की यह किताब किस मानसिकता के साथ लिखी गई।

यह मूल से एक काल्पनिक कहानी है जिसे मैंने आठवीं कक्षा में लिखा था, जी हाँ आप ने सही पढ़ा इस किताब को मैंने आठवीं कक्षा में लिखा था और आज 6 साल बाद भी जब ये किताब आप तक पहुँच रही है इसमें कोई फेर बदल नहीं किया गया है। क्युकी मैं चाहता हूँ की लोग एक नवमी कक्षा में पढ़ रहे विद्यार्थी की मानसिकता जान पाए।

कहानी 'एम' नाम के पात्र के इर्द गिर्द घूमती नज़र आएगी जो की पेशे से तो है चोर है और उसका काम अमीरों को लूटना और उन लूट हुए पैसों को गरीबों में बाँट देना। क्या है उसके चोरी करने के पीछे का असली मकसद ? क्या होगा उसका मकसद कामयाब ? इस प्रश्न के उतर के लिए आपको पूरी कहानी पढ़नी पड़ेगी।

यह किताब एक सेल्फ-पब्लिश्ड किताब है, यानी की इसकी लेखनी से लेकर संपादन तक मैंने ही किया है। हो सके कही आपको व्याकरणीय गलतियाँ मिल जाए तो उसे आप यदि नजरंदाज कर देंगे तो ज़्यादा बेहतर होगा।

धन्यवाद! अब आप प्रीष्ठ पलट सकते है।

आमुख

इधर काजल को सबकुछ पता चल गया था वह जान चुकी थी की एम ही मनोहर है और मनोहर ही एम है, इसीलिए उसने मनोहर को एकांत में बुलाया।

"क्या हुआ काजल तुमने मुझे यूँ बुलाया क्यू?"

"एक सवाल पूछूँगी उसका सच सच जवाब दोगे।"

"हाँ हाँ पूछो कौन सा सवाल पूछना है।"

"तुम ये सब करते क्यू हो और ये सब करके मिलता क्या है।"

"क्या पूछना चाहती हो काजल तुम्हारे कहने का मतलब क्या है ?"

"वही, जो तुम समझ रहे हो – मिस्टर एम।"

"ओ! तो आपको सबकुछ पता चल गया।"

"हाँ, तुम्हें क्या लगा जो तुम नाम बदलकर रहोगे और मुझे पता नहीं चलेगा।"

"तुम्हें ये जानना है न की मैं ये सब करता क्यू हूँ, तो आओ मेरे साथ।" महोहर काजल को हॉस्पिटल ले गया।

वहाँ पर उसने पीड़ा से लड़ते हुए, बूढ़े, बच्चे व जवानों को देखा। मनोहर बोला, "देखो इन्हे, और समझो मैं ये सब क्यू करता हूँ।"

काजल से उन लोगों का पीड़ा देखा नहीं गया,"बट तुम इनकी ईलाज़ के लिए मेहनत से भी तो पैसा कमा सकते थे।"

"मेहनत से कमा सकता था मगर जीतने पैसे चाहिए उतने शायद पूरे नहीं हो सकते। और मेरा मिशन विटामिन – एम कोई गलत मिशन नहीं है, विटामिन – एम एक ऐम है, वह एक सेंटर होगा जहाँ गरीबों को काम मिले उन्हे पैसा मिले वे खुशहाल रहे, मेरे मिशन का मेन मकसद है गरीबों का हक।"

काजल को अपने कीये पर पछतावा आया उसने कहा,"आई एम सॉरी मनोहर शायद मैं ही गलत थी।"

"इट्स ओके ।"

1

विटामिन - एम

1 मई शायद मालूम ही होगा, पूरे विश्व में मजदूर दिवस के रूप में मनाया जाता है। मजदूर वे है जो मजदूरी कर रोटी खाते है। मगर क्या आपने कभी किसी मजदूर की विवशता देखी है, अरे! कभी कभी तो ऐसी नौबत आ जाती है की वे लोग पैसे के लिए अपनी जान गवां बैठते है। क्या आपने कभी उनके हक के बारे में नहीं सोचा।

कुमार संतोष और मजदूरों की तरह ही थे। एक बार उन्हे कुम्भ के यहाँ मजदूरी करने का मौका मिला, काम पूरा हो गया मगर कुम्भ ने पैसे नहीं दिए।

ऐन एच पर दो कार रुकी, एक कार के ड्राइवर ने दूसरे कार के ड्राइवर को पैसों से भड़ा बिग दिया, और पूछा, "काम हो जाएगा?"

जवाब मिला,"हाँ हो जाएगा।"

शाम का वक्त था और बच्चे खेल रहे थे, अचानक कार आई और संतोष जी की बेटी काजल को रौंद कर चली गई। वही भाग रहे कार को लोगों ने पकड़ा, मगर ड्राइवर जंगल की ओर भागा।

शायद कुदरत को कुछ और ही मजूर था, वह ड्राइवर भाग रहा था उसे महसूस हुआ की कोई उसका पीछा रहा है। पीछे मुड़ा और मारा गया।

संतोष की बेटी काजल बच गई, आज पूरे 15 साल बीत गए, उस घटना की। कुमार संतोष भी हादसाः के बाद देश छोर मौरिसस में जा बसे।

"गुड मॉर्निंग पापा।" सुबह सुबह अपने पापा को गुड मॉर्निंग विश की।

संतोष बोले,"बेटी याद है आज कौन आने वाला है ? वैसे नहीं याद तो मैं बता देता हूँ।"

"हा याद है पापा वह मंकी फेस प्रसून आने वाला है। और मुझे एयर पॉर्ट्स उसे पिकप करने जाना है।"

लगभग 2 घंटे के बाद काजल प्रसून को पिकप करने एयरपोर्ट गई। प्रसून सबों को हैलो हाई करता हुआ काजल के पास आया और बोला,"यह मौरिसस भी कितना अच्छा जगह है, यहाँ आकर लग ही नहीं रहा की किसी दूसरे कन्ट्री में आए है।"

"हाँ भला लगेगा कैसे बंदर को तो नारियल और आदि एक ही लगता है।"

"सॉरी आपने कुछ कहा।"

"जी नहीं, आए और मौरिसस के बारे में बोलने लगे। इस्तखबाल तो किया नहीं।"

"सूर्य कौन सा बाल।" प्रसून ने पूछा। काजल मन ही सोची की कितना फूद्दू आदमी है ये।

एयरपोर्ट के बाद वे लोग रेसतुरैंट गए, वहाँ प्रसून ने पूछा,"सो, हाउ वाज़ योर दे।"

"डे तो अभी शुरू ही हुआ है, वैसे ये मौरिसस में कौन सी काम आ पड़ी की दौड़े दौड़े चले आए।"

"काम ही कुछ ऐसी थी। एक केस के सिलसिले में यहाँ आया हूँ, वह चोर है या मसीहा कुछ समझ नहीं आता।"

"क्यू क्या हुआ ? कोई कन्फ्यूज़िंग केस मिल गया है क्या ?"

"हाँ, वही समझो। मगर वह कोई मामूली चोर नहीं है। अमीरों को लूटकर, गरीबों में सारा पैसा बात देता है।"

"कौन है वह।"

"पता नहीं कौन है, कहाँ से आता है और कहाँ चला जाता है। बस उसे तलाश है अपनी मंजिल की।"

"उसका नाम तो होगा न, या फिर उसका मंजिल क्या है ? कुछ तो मालूम होगा ।"

"नाम तो मालूम नहीं। लेकिन सब उसे 'ऐम' के नाम से जानते है, और शायद उसका मिशन कुछ 'विटामिन – म' करके है।"

—

1 साल पहले, नई दिल्ली

नैशनल फाइटिंग चैम्पीअन्शिप का फाइनल राउन्ड था। इनाम था 10 करोड़ का, दो फाइटर एक चीन का हुण क्षु और दुसरा भारत का एम, और 5, 4, 3, 2, 1, फाइट शुरू।

कही हुण हुण की आवाज़ सुनाई दे रही थी तो कही एम एम की, मुकाबला दिलचस्प और दिल दहला देने वाला था। दोनों विपक्षी एक दूसरे पर भाड़ी पर रहे थे। आखिरकार एम ने हुण क्षी को मात दे 10 करोड़ का इनाम अपने नाम किया।

एम के दोस्त यह देख फुले न समाए, छोटू एम के पास गया और पूछा,"यार तूने तो कमाल कर दिया, वैसे हम लोगों ने पार्टी का प्लान बनाया है, तू क्या कहता है।"

"ठीक है।" और फिर वे लोग पार्टी करने चले गए।

—

पार्टी खत्म हुई एम अपने दोस्तों के साथ घर जा रहा था तबही उसकी नजर फूटपाथ पर सोए कुछ लोगों पर पड़ी, वह अपने दोस्तों को गाड़ी रोकने को कहा, छोटू पूछा,"क्या हुआ यार ? गाड़ी क्यू रुकवा दी।"

"उधर देख।" एम ने फूटपाथ पर सोए लोगों की ओर इशारा करते हुए बोला।

दूजा दोस्त कबीर बोला,"अरे एम तू सचमुच भोला है। आखिर कितनों की मदद करेगा वैसे भी ये लोग लुटेरे है।"

"क्या ?"

"हाँ, ये राह चलते राही को लूट लेते है और उन्हे मार भी डालते है।"

"तो क्या हुआ, अब हम इन्हे लूटेंगे।"

छोटू व अन्य दोस्तों में बातचीत होने लगी। एम बोला,"थैंक यू, आप लोगों का काम हो चुका है अब आपलोग जा सकते है।"

छोटू बोला,"यार ये जो भी कुछ तू कर रहा है इसमे रिस्क ज्यदा है, बट आई बिलिव तू ये पूरा जरूर करेगा।" एम के दोस्त गाड़ी को वही छोड़ चले गए।

एम उन लुटेरो के पास जाकर उसके सरदार को उठाया। सरदार इतना ही बोला,"कौन है?" की कफन चढ़ गई। वहाँ के सारे लुटेरे आग बबूला हो गए, एक ने बोला,"इस खुराफाती को छोड़ो मत, ईज़ाद किया समान लूटने आया है।"

एम पर लुटेरे ने एक साथ वार किया, मगर नेकी के वंदे को आखिर खुदा भी मात नहीं दे सकता, तो वी किस खेत के मुली थे। पुलिस की गाड़ियों की आवाज सुनते ही वे नौ दो ग्यारह हो गए।

—

दुसरा दिवस सीबीआई ब्रांच की मीटिंग रखी गई, जहाँ विभिन्न अपराधियों को गिरफ्तार करने हेतु मिन्न अधिकारियों को काम सौंपा गया।

हेड आखिर तस्वीर दिखाकर बोले,"और ये है एम आज तक का सबसे बड़ा चोर और गरीबों का मसीहा, यह केबल और केबल पैसे चुराने का काम करता है। यह बहुत ही शातिर और तेज दिमागी है, इसको पकड़ना मानो सतरंज जीतना हो। इसीलिए यह केस मैं निसतेर प्रसून को सौंप रहा हूँ, एण्ड आई नो ही विल दु दैट, सो प्लीज वेलकम मिस्टर प्रसून।"

भव्य समारोह में भव्य तालियों के साथ प्रसून का स्वागत किया गया। यह देख प्रसून फुला न समाया वह विज्ञ था। उसे मौका मिला तो उसने कहा,"फ़ॉर्म द कोर ऑफ मई हार्ट, मैं इस केस को हंडेल करता हूँ और यह मेरा वादा है की वह कुछ ही दिनों में सलाखों के पीछे होगा।"

—

"अच्छा तो ये बात है।" एम टीवी पर प्रसून की भाषण सुन रहा था। उसने कबीर को बुलाया,"क्या हुआ एम तुमने मुझे याद किया।"

"हाँ, याद तो करना ही था। कल कौन सा दिन है ?"

"कल तो शनिवार है।"

"तो ठीक है सेठ को कह दो, उसका काम हो जाएगा।"

"क्या ? क्या कह रहे हो। कल तुम बैंक लुटोगे, तुम्हारा दिमाग तो खराब नहीं हो गया। ऐसे ही तुम्हारे पीछे पहले से पुलिस लगी हुई है।"

"इसलिए तो कह रहा हूँ।"

—

आधी रात बिट गई, पूरा वातावरण शांत था। प्रसून घोड़े बेचकर सो रहा था की उसकी मोबाईल की घंटी बजी। उसने कॉल रिसीव किया तो उधर से जवाब मिला," सर, कल एम स्टेट बैंक लूटने वाला है।"

प्रसून को शंका हुआ उसने पूछा,"कौन हो तुम?"

"सर, वह सब बाद में बताऊँगा बस इतना जान लीजिए खबर पक्की है।"

इतना सुनना था की प्रसून सतर्क हो गया। उसने वॉकी टॉकी से सबको खबर डि और शनिवार को स्टेट बैंक पर पहड़ा अधिक हो गया।

दुर्भाग्य बस स्टेट बैंक का लॉकर जाम हो गया। मैनेजर प्रसून के पास आए और सारी बातें बताई, प्रसून कुछ सोचा और फिर बोला,"कान आई सी द लाकर ।"

"यस सर, आइए।" मैनेजर के कहने पर प्रसून लाकर देखने गया, उसने लाख कोशिश की मगर लाकर नहीं खुला,"ठीक है, जिसने इस लाकर को बनाया है। अब तो वहीं खोल सकता हैं।"

"बट सर यह लाकर ब्रिटिश सरकार ने बनवाई थी।"

"तो उससे का होई गवा।" एक अनजान व्यक्ति वहाँ पर पहुचा, जो मुँह में पान रखे हुए और छोटी कुर्ता पहने था हाथ में एक लाठी भी थी।

प्रसून ने पूछा,"जी, आपका परिचय।"

"अब का बताए भैया, नाम न पता खाली काम करते है। और ससुरा दुनिया का जेतना जाम लाकर है न ऊ सब हम ही खोलते है।"

"आपके कहने का क्या मतलब?"

"वहीं जो आप समझते हो, बाकी एगो शर्त है। हम आपन खास तकनीक से लाकर खोलत् है, और ऊ तकनीक हम सबही को नहीं दिखा सकत है। तो एई लिए.....।"

"हा हा मैं समझ गया।" प्रसून ने कहा और वह व मैनेजर बाहर निकल आए। कुछ देर बाद वह आदमी भी आया,"अच्छा भैया, त् हम

चलत् है हमार काम हो गइल।"

मैनेजर जब लाकर खोला तो पूरा लाकर खाली था। प्रसून उस अनजाने को पकड़ने दौड़ा दौड़ा बाहर आया की उससे पहले वह फरार हो गया।

प्रसून को एक मिली, जिसमे लिखा था," मिशन विटामिन – एम।" थोड़ी देर बाद प्रसून के मोबाईल पर फोन आया।

इस बार एम ने फोन किया था,"क्या हुआ प्रसून जी। आप तो विज़ है और फिर भी। ये तो सिर्फ ट्रैलर था, पूरी फिल्म तो अभी बाकी है।"

"मुझे ये घटिया किस्म का ट्रैलर बिल्कुल नहीं पसंद। मैं और जैसा नहीं हूँ, एक दिन तो बेटा तू कब्जे में होगा।"

"गलत सोच रहे है आप। लाख कोशिश कर लेना, मगर मैं पिंजरे में रहने वाला पक्षी नहीं हूँ। कब चोंच मार दूँ पता भी नहीं चलेगा।"

"वह तो मैंने देखा ही।"

"बस देख लिया न, अब आराम से बैठकर सोचिए की बैंक लूट कैसे गया।"

—

छोटू और एम किसी कार्य बस नहीं जा रहे थे । एम की नजर एक बच्चे पर पड़ी जो बहती नाली से लकड़ी के बल कुछ निकाल रहा था। उसने गाड़ी रोकी और उस बच्चे के पास जाकर बैठ गया।

"बेटे ये तुम कचरे क्यू जमा कर रहे हो।"

"क्या क्रे साहब। अगर ये न करुँ तो दो वक्त की रोटी भी नसीब न होती है।"

"मतलब तुम इन्हे बेचकर कुछ पैसे कमाते हो, तुम्हारे माँ बाप कहाँ है।"

"नहीं है साहब अनाथ जो ठहरा। वैसे आप ये सब क्यू पूछ रहे है।"

"नहीं, ऐसे ही।" एम छोटू के पास गया। "यार, छोटू मैं तो इस बच्चे को देखकर अपना जज़्वा खो बैठ हूँ, जी कर रहा है इसे गॉड ले लूँ।"

"हाँ तो ले लो न। वैसे भी अनाथ आश्रम में भी इन्हे कोई नहीं रखेगा।"

"कोई नहीं रखेगा मतलब।"

"देखो एम मैं तुम्हारे जैसा तो हूँ नहीं लेकिन सच्चाई बाटनी पर रही है, इस बच्चे में न जाने कितनी अनगिनत बीमारिया होगी जैसे एचआईवी, ब्रेन टुमर, कैंसर और भी ।"

एम ने छोटू की बात बीच में ही काटते हुए कहा,"बस बस मैं समझ गया।" उसने अंतश से विचार किया और अपने चिरंतन डॉक्टर सुमित के पास ले गया उस अनाथ को, जांच हेतु।

जांच हुआ और सुमित एक्सरे रिपोर्ट लेकर रूम के पास आया,"देखो एम ये बहुत ही क्रिटिकल केस है। ही इज सुफफरिंग फ्रॉम ब्लड कैंसर और केबल यही एक बच्चा नहीं है अकेले दिल्ली मे 1000 बच्चे होंगे।"

"तो क्या हुआ, चाहे करोड़ों क्यू न हो एम का ये वादा है आने वाला कल इन सबों के लिए नई किरण लेकर आएगा।"

प्रसून ने उधर बोर्ड मीटिंग रखी जिसमे कुछ चुनिंदे व विज्ञ ऑफिसर ही थे।

"यह केस आने वाले दिनों मे एक बहुत ही बड़ा मुद्दा बन जाएगा या फिर कोई धमाका भी हो जाएगा।" हेड ने कहा

"बट आई हैव वन डाउट सर।" प्रसून ने सवाल किया, "मेरे समझ में एक बात नहीं आ रहा, एम एक लुटेरा है जो पैसा ही लुटता है, और वह उन लूट हुए पैसों को गरीबों में बात देता है – जीस वजह से वह उनका मसीहा है मगर यहाँ एक सवाल आ रहा है की वह ऐसा करता क्यू है ?"

"वही तो मेरा सावल है मेरे समझ में यह नहीं आ रहा की उसका मकसद क्या है ।"

"सर अगर मकसद की बात करे तो वह किसी मिशन अपर है और वह शायद मिशन विटामिन एम पर है।"

"खैर छोड़ो जो भी मिशन हो, बस ऐसा प्लान बनाओ जिससे वह सलाखों के पीछे हो।"

"सर, प्लान रेडी है। हमे पकड़ना है एक चोर को तो उससे हम चोरी करवाएंगे।"

—

चाय की एक दुकान पर कबीर चाय की चुस्की ले रहा था, उसी समय सलीम काका वहाँ पर आए, कबीर उन्हे देखकर उठा और

बोला,"अस्सलम वलिकुं काका।"

"वलिकुं सलाम बेटा वलिकुं सलाम, कहो सब खैरियत है न।"

"हाँ काका, वैसे आप तो ईद के चाँद हो गए कहिए कैसे आना हुआ।"

"अब भला ये भी कोई पूछने वाली बात है, लोग चाय कि दुकान पर आते क्यू है ?" फिर उन दोनों मे शिखर वार्ता होने लगी।

न जाने कहाँ से वहाँ पर कुछ गुंडे आ पहुचे, एक ने कालू चाय वाला से पूछा, "क्यू कालू क्या हुआ तेरे पैसे का तूने तो कहा था की 20 दिन में दे देगा। लेकिन आज तो 20 महिना हो गया। अब जल्दी से 1000 रु निकल और दे दे।"

कालू के पास जीतने पैसे थे उसने सारे दे दिए। गिनने पर 10 रुपया कम था,"और 10 रुपया कौन तेरा बाप देगा।"

कालू उस गुंडे के सामने हाथ जोड़ा,"भैया, जितना पैसा था मेरे पास वह मैंने सारे आपको दे दिए 10 रु एक घंटा बाद आकर ले जाना।"

उस कंजर के मानो दिल ही न हो। उसने बंदूक निकाला और बोला,"मैं बहुत सुन चुका अब माफ करना।" वह गोली चलाने ही वाला था की तूफान बनकर एम वहाँ आ पहुचा, और एक्शन किंग का एक्शन शुरू।

सारे गुंडे मुँह की खाकर भाग निकले एम चिल्लाते हुए बोला,"अबे ! भाग कहाँ रहा है, एक बात याद रखना। अगर आज से किसी ने गरीबों व मजदूरों पर आँखे उठाकर देखा तो आँख नोच लूँगा उसका।"

प्रसून अपने घर पर वर्जिश कर रहा था, उसी वक्त एक हवलदार एक डीवीडी लेकर आया। न जाने क्यू प्रसून को संसय हुआ उसने पूछा,"क्या हुआ मोटे लाल जी ये डीवीडी यहाँ क्यू लाए।"

"सर ये डीवीडी नहीं है, औडियो क्लिप है। एम ने भेजा है।" एम का नाम सुनते ही प्रसून असहृय हो उठा, उसने कहा,"तो देख क्या रहे हो ? जल्दी से प्ले करो।"

मोटालाल ने वही किया।

एम की बोली-

"नमस्कार प्रसून जी, वैसे झ तक लगता है नाम बताने की कोई जरूरत नहीं। काम की बात पर आते है, आप सबों के दिमाग में एक सवाल जरूर होगा। क्यू ? किसलिए ? किस कारण बस मैं ये चोरी करता

हूँ। तो इसका जवाब फ्यूचर पर छोड़ दीजिए। मेरे मिशन के बारे में पता तो होगा ही, मगर हाँ, गलत मत सोचिए ये नुक्सानदेही मिशन नहीं है। वल्की आराम दही मिशन है। धनेवाद।"

यह सुनकर प्रसून आग बाबुल हो गया। वह तुरंत ही उस औडियो क्लिप को लेकर एक मानो वैज्ञानिक के पास गया। मानो वैज्ञानिक ने उसे नाप तोलकर बोला, "देखिए प्रसून जी ये औडियो हम सबों के नजर में टाइम वेसतेज लगेगा, मगर यदि मानो विज्ञान की नजर से देखे तो मामला गंभीर है।"

"मतलब क्या ?"

"देखिए, इसका साफ मीनिंग निकल रहा है की एम एक चोर ही नहीं शायद कोई फरिश्ता है। जो कुछ न कुछ अलग करने वाला है।"

"सर ये क्या बात कर रहे है आप।"

"हा, क्या करू करना पड़ रहा है, क्युकी इस औडियो में मुझे करिश्मा और दर्द दिखाई दे रहा है। वैसे चिंता करने की कोई बात नहीं है अगर प्रेम का मिशन किसी को नुकसान पहुचना नहीं है तो वह नहीं पहुचाएगा।"

प्रसून तिलमिला उठा, उसे ये समझ नहीं आ रहा था की वह करे तो क्या करे।

अब चलिए एम के पास एम जी टीवी देख रहे थे। छोटू और कबीर दौड़ा दौड़ा उन सबके पास आया।

एम ने पूछा,"अरे! अरे क्या हुआ और छोटू ये क्या हुलिया बना रखा है, लग रहा है किसी ने जबरदस्त पिटाई की है।"

"हाँ यार गए थे पीने पानी और खा के आ गए लाठी।"

"क्या ?"

"मैं आ ही रहा था की रास्ते में प्यास लग गई। सामने देखा की एक मुसलान का घर है, मैंने सोचा की के फरक पड़ता है, चलो चल के पानी पी ले। पानी पीने गया तो धर्म पूछकर ये हालत कर दी।"

"अच्छा तो ये बात है, चिंता मत कर उसका इलाज हो जाएगा।"

फिर कबीर ने कहा,"एम जीस बच्चे को तुमने हॉस्पिटल मे ऐड़िमट किया था उसकी मौत हो गई।"

यह खबर सुनकर एम तिलमिला गया। उसे ऐसा लगा की उसने कुछ खो दिया हो, वह तुरंत हॉस्पिटल गया और सुमित से पूछा,"ये मैं क्या सुन रहा हूँ ? ये सब हुआ कैसे।"

"क्या बताऊ एम। कुछ समझ में नहीं आ रहा। कल रात तक तो सब नॉर्मल था। मगर आज सुबह देखा तो ही इज नो मोर।"

एम उस शव को अपने साथ ले जाने का फैसला किया और अपनी गाड़ी में उसे रखकर ले गया। रास्ते में पुलिस की चेकिंग हो रही थी। कबीर ने गाड़ी कुछ पहले ही रोक दी।

"क्या हुआ कबीर गाड़ी क्यू रोक दी।" एम ने पूछा ।

कबीर ने आगे की ओर इशारा करते हुए कहा,"उधर देख चेकिंग हो रही है, अगर लाश को लेकर गए तो बेकार में ही पकड़े जाएंगे।"

"अरे! दिमाग तो ठीक है तेरा, हमने कोई मर्डर थोड़े ही किया है। और वैसे भी डेथ सर्टिफिकेट तो पास में है ही।" फिर भी कबीर तिल भर न दिग। लेकिन एम के कहने पर उसने विद्धुतगती से चलाने का सोचा।

पुलिस वालें को शक हुआ और वे एम के गाड़ी के पीछे लग गए। एम ने पूछा,"ये मामा लोग तो सही में पीछे पड़ गए।'"

कबीर को लगा की कुछ गड़बड़ होने वाला हैं, उसने कहा,"एम तू अगर मेरा दोस्त होगा तो मेरा एक काम कर देगा।"

"हाँ कहो कौन सा काम है।"

"तू कूद जा इस गाड़ी से।"

"क्या ? आर यू मैड।"

"देखो एम ये सवाल पूछने का वक्त नहीं है। जैसा कह रहा हूँ वैसा करो मुझे यहाँ कुछ गड़बड़ लग रहा है, और मैं नहीं चाहता की तुम्हारा मिशन अधूरा रहे।"

कबीर ने देखा की सामने से ट्रक आ रही है। उसने ब्रेक लगाने की कोशिश की मगर ब्रेक नहीं लगा उसने चिल्लाते हुए कहा,"जम्प एम जम्प।" एम जैसे ही कूदा की ट्रक से टक्कर के कारण गाड़ी धु धु कर जल उठी।

"कबीर....।" एम ने दर्द भरी चीख निकली।

कहते है न हम सोचते कुछ और है और हो कुछ और जाता है। कबीर के मौत के बाद एम पूरी तरह से टूट चुका था। अब शायद वह पहले वाला एम नहीं था।

छोटू भोजन लेकर आया,"लो एम कुछ खा लो।"

"अब क्या खाए, जब जिंदगी ही चली गई। अब तो शायद बस गम में ही जीना पड़ेगा।"

"ये कैसी बातें कर रहे हो। कबीर को खोने का दर्द मुझे भी है। भाई था वह मेरा मैंने अपना भाई खोया है।"

"हाँ छोटू कह तो सही रहा है।"

—

"ये कैसा मजाक है, तुमने ये प्लान बनाया है एम को पकड़ने का।" एसपी प्रसून को डाँते।

"यस सर, अब और शायद कोई दुसरा रास्ता भी नहीं है।"

"प्रसून मुझे शायद तुमसे ये उम्मीद नहीं थी। तुम्हें एम का केस इसीलिए सौपा गया है, ताकि जल्द से जल्द वह अरेस्ट हो सके।"

"सर, शायद आप समझ नहीं रहे है। ये एक अच्छा प्लान है, एक चोर को पकड़ने का।"

एसपी कुछ देर तो चुप रहे, मगर सोचकर बोले,"ओके!"

इलेक्शन का वक्त जो आ रहा था, अब मंत्री जी भाषण तो देंगे ही और भाषण ही क्यू ? पार्टी भी तो होनी है। संजय जो इस बार दिल्ली मुख्यमंत्री पद के लिए खड़े हो रहे है वे पूर्व विधायक राधेश्याम के घर गए।

राधेश्याम ने उनका दिल खोल स्वागत किया,"अरे! आइए, आइए संजय बाबू। कहिए, इस कुटिया में कैसे आना हुआ।"

"था कुछ जरूरी काम।" संजय ने उत्तर दिया फिर वे दोनों तश्रीफ रखे और कुछ जरूरी नुसके पर वार्तालाप करने लगे।

"हाँ, तो कहिए संजय जी कैसा चल रहा है वोट की तैयारी।"

"सब एकदम हिट है मैं बस आपको यहाँ न्योता देने आया हूँ।"

"न्योता किस बात का।"

"अरे! अब हम मुख्यमंत्री बनने जा रहे है, तो थोड़ा पार्टी तो बनती है। स्पेन से ------- बुलाया है।" यह सुनकर राधेश्याम ने नकारात्मक उत्तर दिया,"देखो संजय तुम कोटी कोटी में खेल रहे हो, मगर यह सब काम तुम्हें सोभा नहीं देगा।"

"राधेश्याम जी, ये आप क्या कह रहे है। अरे! राजनीति में ये सब तो चलता ही है। हाँ, अगर आपको नहीं आना तो मत आइए।" यह कहकर संजय वहा से चले गए।

राधेश्याम खुद से बोले,"हे भगवान अब तू ही कुछ कर सकता है।"

रास्ते में जब संजय जा रहे थे, तो ड्राइवर ने गाड़ी को अनजान जगह पर ले जाने लगा, संजय बोले,"ड्राइवर ये गलत रास्ता है।"

उत्तर मिला,"तो क्या हुआ ? जीस रास्ते पर जाना है आप तो उस जा ही नहीं रहे और मैंने तो सड़क ही बदला है।"

संजय को ड्राइवर की आवाज पर संसय हुआ, उन्होंने कहा,"देखो मैं अपने ड्राइवर को भली भांति जानता हूँ, जल्दी से बताओ कौन हो तुम।"

ड्राइवर का दाहिना पैर ब्रेक पर गया। गाड़ी रुकी और उत्तर मिला,"एम।" एम नाम सुनकर संजय के होश उड़ गए।

"क्या हुआ ? चेहरे पर हवाइया उड़ रहे है न।"

संजय बिल्कुल डर गए उन्हे कुछ समझ नहीं आ रहा था की वे करे तो क्या करे उन्होंने गाड़ी का दरवाजा खोला इससे पहले की वे भागते एम उनके सामने आ गया,"भाग कर कहाँ जा रहे है संजय जी।"

संजय गिर गिराने लगे। उन्होंने पूछा,"आखिर एम तुम चाहते क्या हो?"

"तुम्हारी मौत ।"

"क्या ? मगर मैंने क्या किया है।"

"वही जो नहीं करना था, गरमेंट आपको पैसा देता है, हम सबों की डेवलपमेंट के लिए और आप क्या करते है उन्ही पैसों से पार्टी। मजदूरों का वेतन 1000 रु है तो देते है 800 रु। क्यू करते है ऐसा और ये करके मिलता क्या है।"

"देखो एम, तू , तुम राजनीति के बारे में कुछ नहीं जानते, ये सब तो होता ही रहता है।"

"मगर अब नहीं होगा। जल मे रहकर मगर से बैर करना उचित नहीं है। अब सब कुछ बदलेगा, अब मजदूर राज करेगा। दुनिया ने अब तक एम को चोरी करते देखा है, मगर अब दिखेगा उसका मिशन 'विटामिन एम' का तरका।" यह कहकर एम ने संजय को वहीं सुला दिया और उसके माथे पर 'वितमाई – एम' का मुहर लगा दिया।

यह खबर महामारी की तरह पूरे देश में फैल गई। न्यूज चैनलो पर ब्रेकिंग न्यूज आने लगी, पत्रकार बोले,"इस वक्त की बड़ी खबर मुख्यमंत्री का मर्डर हो गया।"

पुलिस चौकी के बाहर मेडिया वालों की भीड़ लगी थी,"सर अब आप एम के बारे मे क्या कहना चाहते है।"

'देखिए, हम पूरी कोशिश करेंगे उसे पकड़ने का, क्युकी शेर ने अब खून चख लिया है।"

उधर पूर्व विधायक राधेश्याम ने कहा,"देखिए जो भी हुआ बहुत ही बुरा हुआ। जहाँ तक मुझे लगता है की यदि ये काम सच मे एम का है तो जरूर पैसा का ही मामला होगा।"

सबों के मन में यही सवाल उमर रहे थे की आखिर एम ने ऐसा क्यू किया ?

छोटू एम के पास गया, एम पूछा,"ये क्या है एम ?"

"टिकट है तुम्हारा मौरिसस का, आज रात की फ्लाइट है जल्दी से निकल जाओ। वरना पकड़े जाओगे तो फांसी भी हो सकती है।"

एम ने नकारात्मक उत्तर दिया,"नहीं काका अभी नहीं। और वैसे भी मुझे मौत से डर नहीं लगता। मैं अगर मौरिसस चला गया तो मेरे मिशन का क्या ?"

"तू मिशन की चिंता मत कर एम, अगर तू चाहे न तो मौरिसस में भी अपने मिशन को पूरा कर सकता है।"

"ठीक है छोटू। तुम्हारी हुक्म सर आँखों पर, मैं जाऊंगा मौरिसस। मगर उससे पहले एक जरूरी काम करना है।"

"कौन सा काम ?"

"उस धर्म प्रेमी को सबक जो सिखाना है।"

छोटू यह सुनकर हस पड़ा। उसने हँसते हुए बोला,"एम मैंने कहा और तुम मान लिए एक्चुअल्ली उस दिन एक लड़की ने जुटी से मारा था।"

"क्या .....?"

—

प्रसून अब पहले से ज्यादा सतर्क हो चुका था। उसने चारों तरफ नाका बंदी करवा रखी थी। मोटालाल, प्रसून के पास आया और बोला,"सर आपने जैसा कहा था सब कुछ वैसा ही चल रहा है।"

"ओके! वेल दँ, आज किसी भी कीमत पर एम बचके नहीं जाना चाहिए।" यह कहकर प्रसून चला गया।

रात का वक्त हुआ एम अब मौरिसस जाने को तैयार था। उसके दरवाजे पर गरीबों की भीड़ लगी हुई थी। एक बूढ़ी औरत एम के पास आई,"एम बेटा न मैं तुम्हें जानती हूँ और न ही तुम मुझे मगर तुमने जो हम गरीबों पर उपकार किया है उसे काभी भी भुला नहीं सकती। बस दुख तो इस बात का है की तुम्हारे जाने के बाद शायद हम अकेले हो जाए।"

"अरे! नहीं काकी ऐसा बात प्लीज मत कहिए। मैं तो जा रहा हूँ आने के लिए ही। और जब मैं वापस आऊँगा तो देखना आप लोग पैसों के बेड सोएंगे।"

"नहीं बेटा हमे पैसों का क्या मोह। बस प्रार्थना करती हूँ तू जहाँ भी रहे हसी खुशी रहे।"

शायद यह एम की आखिरी मिलन थी वह किसी भी प्रकार मौरिसस पहुच गया।

प्रसून रात में सो रहा था तब उसकी मोबाईल की घंटी बजी। उसने नंबर देखा उआर खुद से बोला,"ये इंटरनेशनल कॉल किसका है?" और कॉल रिसीव किया।

उत्तर मिला,"गुड मॉर्निंग, प्रसून जी।"

"कौन ?"

"नहीं पहचानते, अरे! मैं एम बोल रहा हूँ, आपको खुशखबरी देनी थी। मैं इंडिया में नहीं मौरिसस में हूँ।"

"क्या ?"

"हा, वैसे एक बात बताना तो भूल ही गया। अगर चोर को पकड़ना है तो उससे चोरी मत करवाइएगा।"

"मगर मैंने कब चोर से चोरी कारवाई।"

"अरे! भूल गए ये तो आपका ही प्लान था। मुझे पकड़ने का, मगर अफसोस।"

"बेटा तुम्हें क्या लग रहा है मैं मौरिसस नहीं आ सकता।"

"तो आइए, स्वागत है आपका।"

—

मौरिसस

काजल ने कहा ,"ओ! दैट वाज़ द स्टोरी, वैसे ये एम जो भी हो, लगता है बहुत ही तेज दिमाग़ का है। वैसे तुम्हारे पास क्या उसका फ़ोटो है।"

"हाँ है।" प्रसून ने कहा और वह एम का फ़ोटो अपने पॉकेट से निकालकर काजल को दिया।

काजल फ़ोटो देखी तो देखती रह गई, "वॉव! कितना हैन्सम है।"

"हैन्सम है तो क्या हुआ, है तो चोर ही।"

"सही कहा ।"

—

काजल एम के खयालों मे डूबी थी। प्रसून ने उसके कानों मे चुटकी बजाई,"कहाँ खो गई थी मैडम।"

"कही नहीं बस युही।"

"मैं समझ रहा हूँ, घर नहीं चलना है।"

"हाँ चलो।" दोनों ने टैक्सी पकड़ा और घर के लिए रवाना हो गए। रास्ते में काजल ने सवाल किया,"वैसे प्रसून एक बात बताओ, तुम एक साल बाद मौरिसस क्यू आए।"

"अब क्या बताऊ, एम के लापता होने के बाद मामला ठंडा पड़ गया था।"

"तो फिर ऐसा क्या हुआ, जो आना पड़ा।"

"वह तो मुझे भी नहीं मालूम। बस ऑर्डर मिला तो आया।"

आखिरकार प्रसून और काजल घर पहुच ही गए। काजल की माँ ममता ने प्रसून का स्वागत किया।

दूसरे दिन काजल जब कही जा रही थी, तो एक बार फिर संतोष जी ने रोका।

"अब क्या है पापा।"

"बेटी वह मनोहर याद है वह आ रहा है।"

"तो क्या पापा आज फिर !"

"उसकी कोई जरूरत नहीं है।" मनोहर घर में आया। मगर काजल उसे देखकर दंग रह गई। भला हो भी क्यू न उसका चेहरा एम से जो मिल रहा था।

सवाल तो बहुत है की वह एम है या नहीं। क्या था एम का मिशन क्यू बना वह चोर ? मगर जवाब अभी बाकी है।

—

काजल घर के छत पर टहल रही थी, मनोहर गाजर का हलवा लेकर गया,"काजल जी ये लिजीए गर्मा गर्म गाजर का हलवा। मैंने अपने हाथों से बनाया है एक बार खाकर तो देखिए उँगलियाँ चाटती रह जाएंगी।"

काजल को संसय हुआ उसने पूछा,"अच्छा तो आप ये काम भी कर लेते है।" फिर काजल ने हलवा को चखा और बोली,"बाकेही हलवा बहुत ही स्वादिस्त है।"

"है न स्वादिस्त। आखिर मैंने जो बनाया था।"

"मुझे क्या उल्लू समझते हो, आज सुबह ही मैंने यह हलवा बनाया था और गरम करके ले लाए, खुद को मास्टरशेफ समझते हो क्या।" मनोहर अपना सा मुँह लेकर रह गया।

अगला दिन काजल "जय हनुमान ज्ञान गुणसागर, पापा से बचा लेना।" मंत्र का उच्चारण करते हुए शॉपिंग जा रही थी की संतोष ने रोका। काजल खुद से बोली,"तो आज फिर गई भैंस पानी में।"

"बेटी घबराओ नहीं आज मैं तुम्हें नहीं रोकूँगा।"

"ओ! थैंक गॉड।"

"मैं कह रहा था जमाना ठीक नहीं है, मनोहर भी तुम्हारे साथ जाएगा।"

"पापा मैं अपने फ्रेंड के साथ जा रही हूँ।"

काजल शॉपिंग मॉल में अपने कुछ सहेलियों के साथ शॉपिंग कर रही थी की कुछ लोफ़र आ गये। एक ने कहा,"क्यू क्या इरादा है।" काजल ने उसे थप्पड़ मारा।

"............ने मुझे मारा। अब देख मेरा वार।" वह अपने दोस्तों के साथ उन लड़कियों को परेशान करने लगा। मनोहर उसी मॉल में शॉपिंग कर रहा था। वह उन लोफ़रो के पास गया और उनकी इट से इट बजाय दी।"

मनोहर वापस जा रहा था की काजल उसे रोकी और उसके पास आकर बोली,"सॉरी।"

"इट्स ओके! मगर ध्यान रहे जमाना बहुत बुरा है कही भी कुछ भी हो सकता है।"

मनोहर घर पर आया तो उसने पाया की प्रसून कुछ तस्वीरों को स्कैनिंग कर रहा था, वह मनोहर का तस्वीर था। मनोहर प्रसून के पास जाकर पूछा,"प्रसून भाई, आप ये मेरे फ़ोटो के साथ क्या कर रहे है।"

"ये तुम्हारा नहीं एम का फ़ोटो है।"

"एम का।" मनोहर कुछ वक्त सोचा और फिर बोला,"हाँ तो मैं ही तो हूँ एम।"

एम नाम सुनकर प्रसून तुरंत एक्शन में आ गया। उसने बंदूक को मनोहर के कंपट्टी पर लगाया और बोला,"अच्छा हुआ जो तुम्हारे मुँह से सच्चाई निकल गई। नाउ यू आर अंदर अरेस्ट।"

मनोहर के तो पेट में ही ढाढ़ी थी। उसने चलाकी दिखाई और बोला,"अरे! प्रसून जी आप समझे नहीं मैं कहना क्या चाह रहा हूँ। देखीय, मेरा नाम मनोहर है और नाम का पहला लेटर एम है, तो हुआ न मेरा नाम एम।"

ममता अपने कमरे बैठी रुपया गईं रही थी। "एक, दो, तीन,..................तीस। क्या सेठ जी ये तो बस तीस लाख ही है, और इतना से काम नहीं चलेगा।"

सेठ जी ने कहा,'मालकिन अब जितना आपका कर्ज था उतना तो मैंने चुका दिया। अब भला और क्यू दूँ।"

"देखिए, सेठ जी आपने छह महीने पहले 30 लाख लिया था और छह महिने में महंगाई कितनी बढ़ आगी इसका अंदाज़ा है आपको।"

"मालकिन अब मैं।" यह कहकर सेठ जी चले गए।

मनोहर गेट के पास छिपकर सारी बातें सुन रहा था।

रात हुई तारें टिमटिमा रहे थे। मनोहर अपना हुलिया बदलकर ममता के कमरे में गया और ममता को उठाकर छत पर ले गया। ममता का नींद टूटा वह चिल्लाई, मनोहर ने उसका मुँह पकड़ा और बोला,"शशशश आवाज बिल्कुल एमटी निकालो।"

न जाने मनोहर ने ममता को कौन स पाठ पढ़ा दिया, वह अगले दिन सेठ जी के दिए 30 लाख वापस लौटा दी। यह देख संतोष और काजल बहुत खुश हुए।

काजल मनोहर के पास गई और बोली,"थैंक्स मनोहर, आज तो तुमने बहुत बड़ा काम किया।"

"गुरु सलमान ने अपनी एक फिल्म में कहा था की दोस्ती में नो थैंक यू और नो सॉरी।"

"फिल्मी हो।"

"क्या करू, बनना पड़ता है।"

—

याद कीजिए कहानी का शुरुआत, आया कुछ याद। अगर नहीं आया तो बता देता हूँ काजल का एक्सीडेंट न्यू दिल्ली मे। सिटी हॉस्पिटल मे भर्ती पिछले पंद्रह सालों से कुमार संतोष का सबसे बड़ा दुश्मन कुंभा।

"आज ससुरी पंद्रह साल बाद मारा जिंदगी लौट आया।"

डॉक्टर ने पूछा,"कुम्भ जी अब आप कहा जाएंगे।"

"कही नहीं बस बदल लेना है, मारा खून अभी तक खौले है, जब बीते पंद्रह साल याद आवे है। अब होगा सबसे बड़ा लड़ाई।"

कुम्भ उस जगह पर गया जहा कुमार संतोष का 10 साल पहले ठिकाना था। वहाँ पर उसने एक आदमी से पूछा,"भाई साहब थोड़ा बता सकते है की ये संतोष जी का घर कौन स है।"

"माफ करना भाई इस इलाके में पाँच संतोष है।"

कुम्भ कुछ याद किया और बोला,"जी संतोष नहीं, कुमार संतोष, जिनकी बेटी का नाम काजल है।"

"अच्छा, वे तो मौरिसस में है।"

"अब मौरिसस में उसे कहा ढूँढेंगे।"

मौरिसस में काजल और मनोहर यू ही घूम रहे थे। काजल पूछी,"ये मौरिसस कितना अच्छा जगह है। यहाँ का पूरा कल्चर इंडिया जैसा है।"

"हाँ वह तो है इसीलिए तो इसे छोटा भारत का दर्जा दिया गया है।"

"वैसे मनोहर, तुम हमारे साथ हफ्तों से रह रहे हो लेकिन काभी अपने आक्यपैशन के बारे में नहीं बताया।"

"वही जो इंडिया में 70% है।"

"ऐग्रिकल्चर।"

हाँ, जो तुम समझो। मैं मजदूरों को मदद करता हूँ सही मजदूरी दिलवाने में।"

"वॉव।"

इसी तरह वे दोनों बातचीत करते करते घर पहुच गए। वहाँ पर होली की तैयारी चल रही थी। पूरे घर को अच्छे से सजाया जाने लगा, मनोहर संतोष जी से जाकर पूछा,"कोई पार्टी है क्या अंकल।"

"पार्टी नहीं पइसो होली है उसी की तैयारी चल रही है।"

—

आखिर कुम्भ मौरिसस पहुच गया, वह अपने गुलामों पर कोड़े की वारिस कर रहा था, सभी अपनी अपनी मुक्ति के लिए भगवान से प्रार्थना कर रहे थे। कुम्भ का छोटा भाई रंभा को संतोष के घर का पता मिल गया।

"शाबाश रंभा तूने आज मेरा बहुत बड़ा काम कर दिया।"

—

प्रसून समान वापस करने मार्केट गया था। घर में केबल संतोष, ममता व काजल थे। मनोहर शयड कही आस पास गया था, रंभा अपने आदमियों के साथ घर में घुसा और बोला,"पकड़ लो और ले चलो इन सब को।"

संतोष पूछते रह गए,"ये सब हो क्या रहा है।" मगर रंभा अपने आदमियों को आदेश दिया और उसके आदमी तीनों को पकड़ ले गए।

रास्ते में जब वे जा रहे थे, तो आगे में मनोहर बाइक लेकर खड़ा पाया। रंभा अपने गाड़ी से बाहर निकला और बोला,"अबे! रास्ते से हट जा।"

"रास्ते से अब तो टू हटेगा बीटा।" यह कहकर मनोहर ने कसकर रंभा को एक थप्पड़ मारा, रंभा आग बाबुल हो गया, उसने अपने आदमियों को मनोहर पर वार करने का आदेश दिया।

मनोहर भी ईंट से ईंट बजाना शुरू कर दिया। अंत में रंभा मनोहर से टकराया, नगर वह भी कफन ओढ़ लिया, मनोहर बोला,"चीर दूंगा फार दूंगा, अगर हमसे टकराओगे तो जिंदा गार दूंगा।"

कुंभा अपने भाई का शव देखकर बौखला गया, उसने अपने आँसू पोंछे और कसम खाया,"आज मैं रोऊँगा नहीं रंभा आज मैं कसम खाता हूँ की होली के दिन मैं उसके खून से होली खेलूँगा जिसने तुम्हारा ये हाल किया है।"

इधर काजल को सबकुछ पता चल गया था वह जान चुकी थी की एम ही मनोहर है और मनोहर ही एम है, इसीलिए उसने मनोहर को एकांत में बुलाया।

"क्या हुआ काजल तुमने मुझे यूँ बुलाया क्यू?"
"एक सवाल पूछूँगी उसका सच सच जवाब दोगे।"
"हाँ हाँ पूछो कौन सा सवाल पूछना है।"
"तुम ये सब करते क्यू हो और ये सब करके मिलता क्या है।"
"क्या पूछना चाहती हो काजल तुम्हारे कहने का मतलब क्या है ?"
"वही, जो तुम समझ रहे हो – मिस्टर एम।"
"ओ! तो आपको सबकुछ पता चल गया।"
"हाँ, तुम्हें क्या लगा जो तुम नाम बदलकर रहोगे और मुझे पता नहीं चलेगा।"

"तुम्हें ये जानना है न की मैं ये सब करता क्यू हूँ, तो आओ मेरे साथ।" महोहर काजल को हॉस्पिटल ले गया।

वहाँ पर उसने पीड़ा से लड़ते हुए, बूढ़े, बच्चे व जवानों को देखा। मनोहर बोला, "देखो इन्हे, और समझो मैं ये सब क्यू करता हूँ।"

काजल से उन लोगों का पीड़ा देखा नहीं गया,"बट तुम इनकी ईलाज़ के लिए मेहनत से भी तो पैसा कमा सकते थे।"

"मेहनत से कमा सकता था मगर जीतने पैसे चाहिए उतने शायद पूरे नहीं हो सकते। और मेरा मिशन विटामिन – एम कोई गलत मिशन नहीं है, विटामिन – एम एक ऐम है, वह एक सेंटर होगा जहाँ गरीबों को काम मिले उन्हे पैसा मिले वे खुशहाल रहे, मेरे मिशन का मेन मकसद है गरीबों का हक।"

काजल को अपने कीये पर पछतावा आया उसने कहा,"आई एम सॉरी मनोहर शायद मैं ही गलत थी।"

"इट्स ओके ।"

—

अरे! भाई कल होली है, और हम छोटू को कैसे भूल गए वह भी तो संतोष जी के घर आया दरअसल संतोष जी और छोटू के पिता एक ही कंपनी में मजदूरी करते थे वही से उनकी दोस्ती हुई थी।

"अरे! आओ आओ छोटू, बड़े दिन बाद दर्शन दिए तुमने कहो कैसे आना हुआ?"

"अब क्या बताऊ चाचा, भाई के जाने के बाद कही मन ही नहीं लगता। अब मनोहर है तो उसी से मिलने चला आया।"

"हाँ सही कहा, कबीर के साथ जो भी हुआ बहुत बुरा हुआ।"

"अब किस्मत में जो लिखा था, भला उसे ताल कौन सकता है।"

इस वक्त घर में खुशियों का माहोल था। लेकिन मनोहर किसी काम बस बाहर गया हुआ था।

मनोहर अपना काम कर वापस आ रहा था। वकील ने कहा था की काम पूरा हो जाएगा, फिर भी उसकी चाल में तेजी नहीं थी, न जाने कितनी बाते उसके भीतर आ जा रही थी।

घने वन में पक्की सड़क दोनों ओर से वृक्षों की छाया, दूर दूर तक आदमी का चिन्ह तक न दिखाई दे रहा था। बीच बीच में कुछ हिरण छलाँगे मार सड़क पार कर जाते थे। अचानक मनोहर ने देखा की बहुत

सी गाड़िया खोली हुई है। दो तीन सौ आदमी सड़क के पास खंदकों में दूर तक चुपछाप श्रेणीबद्ध बैठे हुए थे।

मनोहर ने समझा, सड़क पर पुलिस के आदमी है। कुछ वसूल कर लेने के लिए इन आदमियों को परेशान कर रहे है। वह तेजी से जाने लगा।

"कौन है, खबरदार खड़ा रह।"

मनोहर ने देखा पुलिस की पोशाक में बंदूक लिए हुए आदमी है, बीच सड़क पर एक बक्सा रखा हुआ है, उसमे रुपया और गहनों का ढेर लगा हुआ है। मनोहर को समझते देर न लगी की वे डाँकू है कोई सिपाही नहीं।

हाँ तो, एक डाकू फिर कड़कर बोला,"कौन है ? चला ही आ रहा है ? रुक जा रख दे जो कुछ तेरे पास है।"

मनोहर ने देखा – अब रुपए जाते है, उसे रुपयों का मोह काभी नहीं था। आखिर चोर जो था। ज्यादा विचार करने का अवसर न था। वह छाती तानकर बोला,"मैं रुपये नहीं दूंगा।"

डाकू मनोहर का बात सुनकर आवक रह गया। वह बंदूक का कुंदा मारने के लिए उसपर झपटा, मनोहर ने कुंदे को इस तरह पकड़ लिया जीस तरह सपेरे सांप का फन पकड़ लेता है। अपने को आगे धकेलते हुए वह बोला,"तुम मुझे मार सकते हो, परंतु रुपए नहीं छिन सकते। यह रुपए किसी के बाप का नहीं है।"

यह कहकर मनोहर अपने पूरे वेग के साथ निकल जाना चाहा, तब तक पांचों डाकुओ ने उसे पकड़ लिया।

वह उच्च कंठ से फिर चीत्कार कर उठा, "छोड़ दो मैं रुओए नहीं दूंगा।"

मनोहर का चितत्कार सुन लूट हुए लोग खंदकों में से उठकर खड़े हो गए, देखने लगे की कौन है जो प्रत्यक्ष मौत का सामना कर रहा है !

डाकुओ ने एकदम देखा – वे केबल पाँच है और दो तीन सौ आदमी उनके विपक्ष में उठ खड़े हुए है। उन्हे विस्मय करने का भी अवसर न मिला की उन्होंने बंदूक के बल पर एक एक दो दो कर इतने आदमी कैसे लूट लिए है।

मनोहर को देखकर उधर लूट हुए लोगों का भय भी दूर हो रहा था।

देखने तक का समय न था। परंतु डाकुओं ने स्पस्ट देख लिया। लूट का माल उठाने में समय नस्ट करने की अपेक्षा अपने प्राण लेकर भागना ही उन्हे अधिक मूल्यवान प्रतीत हुआ। थोड़ी ही देर में we आँखों से ओझल हो गए।

—

आखिर अंत में होली वह पावन त्योहार आ ही गया, मगर शायद किसी को आने वाला तूफान का खबर नहीं था।

संतोष बहुत खुश थे। उन्होंने बोला,"आज देखना, इस बार की होली बोली बनकर रह जाएगी।"

"बोली नहीं गोली।" दरवाजे पर खड़े कुंभा ने कहा और संतोष को नमस्कार करते हुए अंदर आया।"

"जी आप कौन मैंने आपको पहचाना नहीं।"

"तो इतनी जल्दी भूल गए मुझे, हमारा तो इतना पुराना रिश्ता है।"

"मैं समझा देता हूँ।" कुंभा अपने जेब से बंदूक निकाल संतोष के कंपट्टी पर रखकर बोला,"नाम है मेरा कुंभा।"

संतोष आगे कुछ बोलने ही वाले थे की कुंभा उनका मुँह बंद कर अपने आदमियों को आदेश दिया घर के सभी लोगों को बंधी बना लेने का।

कुंभा बोला, "आज मैं वर्षों पहले लगी प्यास तुम्हारे खून से बुझाऊँगा।"

इसपर छोटू बोला,"कुंभा अगर मनोहर आ गया न। तो तू बचेगा नहीं याद रखना।"

"चुप साले।" कहकर कुंभा ने छोटू को एक थप्पड़ जकरकर मारा, और सभी को बंधी बनाकर अपने अड्डे पर ले गया।

—

होली का दिन था प्रसून, काजल और मनोहर अपने दोस्तों के यहाँ से होली खेलकर आ रहे थे की रास्ते में जाम लगा पाया।

प्रसून बोला,"धत्त तेरी की इस जाम को भी अभी ही लगना था।"

मनोहर बोला,"तो क्या हुआ जाम रहे या बाम भैया अगर घर चलना है तो जल्दी चलो।"

प्रसून और काजल ने साफ मना कर दिया। उन्होंने जाम हटने के बाद ही घर जाने का निर्णय किया मगर अड़ियल टट्टू मनोहर किसकी सुनने वाला, वह वहाँ से पैदल ही चल दिया।

काजल बोली,"सही में ये पागल है।"

मनोहर आखिरकार घर पहुच ही गया मगर यह क्या यहाँ पर तो पूरी कहानी बदली हुई थी। मनोहर को संशय हुआ की जरूर कुछ न गड़बड़ हुआ है या होने वाला हो। उसने झट से बाइक निकाला और उलटी दिशा की ओर चल पड़ा।

रास्ते में अब तक जाम थी। मनोहर ने सोचा की अब उसे एम बनना ही होगा, भले ही प्रसून को पता चल जाए, तो क्या होगा ? मगर वह आगे आने वाला प्रलय है उसे तो नस्ट कर सकता है।

मनोहर अब पूरी तरह से एम के अवतार में आ गया था। उसने बाइक का क्लच दबाया और पूरी बेग के साथ उड़ चला, लोग देखे तो देखते ही रह गए, प्रसून ने देखा तो उसको एम की याद आ गई।

उसने गाड़ी का गेट खोला और मीचे उतरकर बोला,"ओ! माइ गॉड, मुजरिम इतने दिनों से मेरे साथ रह रहा है और मैंने उसे बहरूपिया समझने का भूल कैसे कर दिया।"

काजल भी गाड़ी से उतरी और बोली,"क्या हुआ प्रसून ?"

"काजल तुम्हें मालूम नहीं, वह मनोहर जो है ..... ।"

"हाँ मालूम है प्रसून।" काजल प्रसून को बीच में ही रोककर बोली,"मनोहर ही एम है और एम ही मनोहर है।"

काजल के मुँह से सच्चाई सुनकर प्रसून दंग रह गया। उसे अपने कानों पर विश्वास नहीं हो रहा था। उसने आगे कहा ,"इसका मतलब तुम्हें ये सब पहले से ही मालूम था। और तुमने मुझे बताया नहीं, वह भारत का सबसे बड़ा मुजरिम है।"

"हाँ मुझे मालूम है मगर उसके मुजरिम बनने के पीछे उसकी मजबूरी थी।"

"मतलब"

काजल ने सारी बाते प्रसून को बता दी, जीस वजह से मनोहर एम बना था। "अब तुम ही बताओ प्रसून भला मजदूरों की मदद के लिए

किया गया चोरी क्या इतना बड़ा अपराध बन जाएगा।"

"तुम शायद ठीक कह रही हो काजल, मगर शायद तुम्हें ये नहीं मालूम की वह एक हत्यारा भी है उसने दिल्ली के मुख्यमंत्री का हत्या किया है।"

काजल बात को अनसुनी करती हुई बोली,"वैसे ये मनोहर इस तरह जा कहा रहा है।"

"हाँ सही कहा तुमने।"

फिर प्रसून और काजल एम यानि मनोहर के पीछे चल पड़े।

कुंभा के लिए ये सबसे बड़ा दिन था, क्युकी उसका सबसे बड़ा दुश्मन कुमार संतोष का खात्मा जो होने वाला था, उसने कहा,"हे ! माँ होलिका आज होली का दिन है, मुझे आपर शक्ति दे, जिससे मैं इस गुलाम को सजा दे सकूँ।"

यह बात कहने के बाद कुंभा संतोष के पास गया और बोला,"संतोष याद कर वह पंद्रह साल पहले जो तेरी बेटी का एक्सीडेंट हुआ था, वह मैंने ही करवाया था। मगर क्या करूँ तेरी बेटी बच जो गई, लेकिन आज पंद्रह साल बाद फिर से वह समय आया। आज तुम्हारी बेटी नहीं है यहा पर तो क्या हुआ, पहले तुम तीनों को मरूँगा। उसके बाद तेरी बेटी को।"

मनोहर बाइक से आ रहा था तो उसे रास्ते में रुद्राक्ष गिरा हुआ मिला। वह बाइक रोका और रुद्राक्ष उठाकर देखा तो उसे याद आया की संतोष अपने हथेलियों पर बांधते थे। फिर वह आगे बढ़ा तो उसे दूसरा मिला, उसने कहा," अब लगता है यही है वह जो हमे अंकल तक पहुँचा देगा।"

पीछे से प्रसून और काजल पुलिस जीप से आ रहे थे। काजल ने प्रसून से कहाँ,"देखो प्रसून, मैं तुम्हारे आगे हाथ जोड़ती हूँ। जब तुम्हें पता चल ही गया की एम का असली मकसद क्या है, फिर भी तुम.... ।"

"अरे! काजल तुम्हें क्या हो गया । भले जी वह नेक दिल इंसान हो। बट, ऑर्डर इज ऑर्डर। एम को तो पकड़ना ही होगा।"

इधर छोटू कुंभा के हाथ जोड़ा और बोला,"देखे कुंभा तुम्हारी दुश्मनी इसमे है तुम मुझे क्यू मार रहे हो।"

"क्युकी, तू संतोष का रिश्तेदार इनमे है तुम मुझे क्यू मार रहे हो।"

"लेकिन संतोष से तुम्हारी क्या दुश्मनी है ।"

"बहुत बड़ी दुश्मन है ध्यान से सुनना.....

15 साल पहले संतोष कुंभा के यहाँ मजदूरी करता था। एक दिन जब उसे वेतन न मिली तो उसने हंगामा मचा दिया और सभी मजदूरों ने कुंभा को एक एक थप्पड़ मारें। कुंभा ने वादा किया,"दो कौरी के नौकर साले, तूने मुझे थप्पड़ मारा, अब देखना तुम लोगों का क्या हाल करता हूँ मैं।"

मनोहर अब तक वहाँ पहुच चुका था, उसने चिल्लाते हुए कहा,"लेकिन अब मजदूर तुम्हारा क्या हाल करेगा ये देखना।"

"आ कौन बे तू, और तुम्हें पता है तू किससे बात कर रहा हैं।"

"मैं मजदूरों का मसीहा एम हूँ। और तुम कौन हो वह तो साफ साफ दिखाई दे रहा है।"

उसी वक्त एक आदमी कुंभा के पास गया और उसके कान में बोला,"हुज़ूर इसी ने रंभा को मारा है।"

"सच में।"

"100 फीसदी सच।"

कुंभा कुछ देर तक विचार विमर्श किया और फी उसने अपना परिचय दिया, मनोहर कुंभा नाम सुनकर आग बबूला हो उठा। उसने कसकर कुंभा को एक थप्पड़ मारा और बोला,"गरीब मजदूर का हक मारकर तुम्हें मिलता क्या है, तुम तो ऐसी में सो जाते हो लेकिन काभी सोचा है की इन बेचारों के साथ क्या होता होगा ये दर दर की ठोकड़े खाते रहते है। और क्यू करते हो तुम ऐसा, पैसों के लिए हाँ, पैसे चाहिए तुम्हें कितना चाहिए 1 करोड़, 10 करोड़ कितना....। फूटपाथ पर से महलों में पहुचाने का पावर रखता हूँ।"

"ए छोकरे ज्यादा बक मत। मारे को थारे बारे में सब पता है, चोर हो तो चोरी ही करो, और इस थप्पड़ का हिसाब तो अभी बाकी है।"

यह कहकर कुंभा ने अपने आदमियों को आदेश दिया, मगर मनोहर के सामने भला कौन तिक पाता उसने सबकी ईट से ईट बजा दी।

अब कुंभा भी मनोहर से टकराया, मगर कुमार संतोष की 15 साल दुश्मनी खत्म हो गई।

"चीर दूंगा, फार दूंगा, अगर मुझसे टकराओगे तो जिंदा गार दूंगा।"

प्रसून अपनी पुलिस टीम के साथ वहाँ पहुचा और एम को गिरफ्तार कर लिया। एम बोला,"प्रसून जी कुछ दिन बाद पकड़ते तो मज़ा आ जाता मेरा मिशन भी अब कम्प्लीट होने वाला है।'

"मिशन तो कम्प्लीट होगा मेरा, तुम जो पकड़ा गए।"

—

दिल्ली हाईकोर्ट , इंडिया
जज ने मनोहर से मात्र पाँच सवाल पूछे।

* "मनोहर तो तुम अपने बारे में बताओ।"

"जज साहब, मेरा पूरा नाम मनोहर सिंह है, मेरे पिता का नाम सुबोध सिंह, माँ, माया देवी। मैं दिल्ली पुलिस का सब इन्स्पेक्टर।"

* "अगर तुम सब इन्स्पेक्टर हो तो चोर क्यू बने।"

"मजदूरों के हक के लिए।"

* "अगर हक दिलवानी थी तो रुपया क्यू चुराया।"

"अपने मिशन को पूरा करने के लिए।"

* "कौन सा मिशन और कैसा मिशन।"

"मिशन विटामिन एम, मैं इस मिशन के तहत देश के हर कोने, हर शहर, हर गाँव में एक सेंटर खोलना चाहता हूँ, जिससे गरीब, मजदूरों को मदद मिले। अगर उन्हे कुछ हो तो उन्हे फ्री में ही राहत पहुचाई जाए वे तड़प तड़प कर न मरे। आखिर उनकी भी जिंदगी, जिंदगी है न। इससे बढ़कर क्या कहूँ।"

* "लेकीन तुमने मुख्यमंत्री का मर्डर क्यू किया ।"

"उन्हे पैसों की लालच थी, वे मजदूरों के वेतन में से काट करते थे, इसीलिए उन्हे सबक सिखाना जरूरी था। और हाँ वे मरे नहीं जिंदा है।"

इस जवाब के साथ ही मुख्यमंत्री संजय का आगाज हुआ। सब लोग उन्हे जीवंत देख आँखे फाड़े के फाड़े रह गए, वे कतघरे में जाकर खड़े हो गए और बोले,"थैंक यू एम बेटा, तुमने मेरी आँखे खोल दी। न जाने पिछले एक साल तक राजनीति से दूर रहने पर मुझे अपने किए पर पछतावा आ रहा है। मुझे गर्व है तुमपे एम की तुमने मिशन विटामिन – एम के तहत न जाने कितने गरीबों को मदद पहुचाई है और न जाने कितने अमीरों को पैसे की असली कीमत समझाई है।"

अब बारी थी जज के फैसले की, सब दिल थाम कर बैठे थे और सोच रहे थे की जज अब कौन स फैसला सुनाएगा।

जज का फैसला

पूरा अदालत शांत था, लोगों के दिल की धड़कन साफ साफ सुनी जा सकती थी, सभी लोग इसी के इंतजार में थे की जज अब क्या फैसला सुनाएंगे। थोड़ी सेर के विराम के बाद जज ने कहा, "पूरे तहकीकात के बाद, वकालत इस फैसले पर आती है की मनोहर सिंह उर्फ एम को अदालत रिहा करती है।"

जज के फैसले को सर्बों ने स्वीकार किया। प्रसून उठकर बोला,"जज साहब अगर आप एम को रिहा करना चाहते है, तो एक शर्त पर कीजिए।"

"आपको जो भी कहना है, कटघरे में आकर कहिए।"

प्रसून कटघरे में गया और मनोहर से शर्त रखवाया की आज के बाद वह काभी भी किसी की मदद के लिए चोरी नहीं करेगा। और मनोहर ने स्वीकृति दी।

—

मनोहर छत पर टहल रहा था की काजल उसके पास आई और बोली,"अब तो तुम्हरा मिशन कम्प्लीट हो चुका है अब क्या करोगे ?"

मनोहर काजल को देखा, लंबी साँसे ली और मुँह से निकाला, फिर वह मुस्कुराने लगा.....

෧෨

पाठकों के लिए

पाठक अपने विचार यहाँ लिख सकते है।